Песенки и Загадки

Иллюстрации И. Красовской

Москва
«СТРЕКОЗА»

УДК 82-053.2
ББК 84(2Рос=Рус)6
П 28

ISBN 978-5-9951-0809-2

Потягушечки-порастушечки

* * *

Потягунушки, потягунушки!
Поперёк толстунушки,
А в ножки ходунушки,
А в ручки хватунушки,
А в роток говорок,
А в головку разумок.

* * *

А тпру, тпру, тпру!
А тпру, тпру, тпру!
Не вари кашу круту,
Вари жиденькую,
Вари мяконькую,
Да молошненькую.

* * *

Вода текучая,
Дитя растучее.
С гуся вода,
С дитя худоба!
Вода книзу,
А дитя кверху!

* * *

Киска, киска, киска брысь!
На дорожку не садись:
Наша деточка пойдёт,
Через киску упадёт!..

* * *

Мы проснулись,
Потянулись,
Вместе солнцу улыбнулись,
Здравствуй, солнышко,
Колоколнышко!

Ладушки

* * *

Ладушки, ладушки!
Пекла бабка оладушки.
Маслом поливала,
Детушкам давала.
Даше два, Паше два,
Ване два, Тане два.
Хороши оладушки
У нашей бабушки!

* * *

Идёт коза рогатая,
Идёт коза бодатая,
Ножками топ-топ,
Глазками хлоп-хлоп.
Кто каши не ест,
Молока не пьёт —
Забодает, забодает, забодает!

* * *

— Пальчик-мальчик,
Где ты был?
— С этим братцем — в лес
ходил,
С этим братцем — щи варил,
С этим братцем — кашу ел,
С этим братцем — песни пел!

* * *

Заинька, походи,
Серенький, походи,
Вот так, вот сяк походи.

Заинька, подбодрись,
Серенький, подбодрись,
Вот так, вот сяк подбодрись.

Заинька, топни ножкой,
Серенький, топни ножкой,
Вот так, вот сяк топни ножкой.

Заинька, попляши,
Серенький, попляши,
Вот так, вот сяк попляши.

Заинька, поклонись,
Серенький, поклонись,
Вот так, вот сяк поклонись.

* * *

— Сорока, сорока!
Где была?
— Далёко!
По полю летала,
Зёрна собирала.
Печку топила,
Кашку варила,
Гостей созывала.
Гости прилетели,
На крылечко сели.
Этому дала,
Этому дала,
Этому дала,
Этому дала,
А этому не дала:
Он по воду не ходил,
Дрова не рубил,
Печку не топил,
Кашку не варил!

* * *

Жили у бабуси
Два весёлых гуся:

Один серый,
Другой белый,
Два весёлых гуся.

Вытянули шеи,
У кого длиннее —

Один серый,
Другой белый,
У кого длиннее.

Мыли гуси лапки
В луже у канавки —

Один серый,
Другой белый,
Спрятались в канавке.

Вот кричит бабуся:
«Ой, пропали гуси —

Один серый,
Другой белый,
Гуси мои, гуси!»

Выходили гуси,
Кланялись бабусе —

Один серый,
Другой белый,
Кланялись бабусе.

* * *

Ай, ду-ду, ду-ду, ду-ду!
Сидит ворон на дубу,

Он играет во трубу
Во серебряную.

Труба точеная,
Позолоченая.

Песня ладная,
Сказка складная.

* * *

Тили, тили, тили бом!
Загорелся кошкин дом.
Кошка выскочила,
Глаза выпучила.
Бежит курица с ведром,
Заливает кошкин дом.
А собачка только лает,
Ничего не помогает.

* * *

Тень-тень, потетень,
Выше города плетень.
Сели звери на плетень,
Похвалялися весь день.

Похвалялася лиса:
— Всему миру я краса!

Похвалялся медведь:
— Могу песни я петь!

Похвалялися ежи:
— У нас шубы хороши!

Похвалялся зайка:
— Поди, догоняй-ка!

* * *

— Гуси, гуси!
— Га! Га! Га!
— Есть хотите?
— Да! Да! Да!
— Ну летите!
— Нет! Нет! Нет!
Серый волк под горой
Зубы точит,
Състь нас хочет!
— Ну летите, как хотите,
— Только крылья берегите!

* * *

Поехали с орехами
На бочке, на бочке,
По гладенькой дорожке,
По кочкам, по кочкам,
Рысью, шагом,
В ямку — бух!
Раздавили сорок мух!

* * *

Баба сеяла горох —
Прыг-скок, прыг-скок!
Обвалился потолок —
Прыг-скок, прыг-скок!

Баба шла, шла, шла,
Пирожок нашла,
Села, поела, опять пошла.

Баба стала на носок,
А потом на пятку,
Стала русского плясать,
А потом вприсядку!

Колыбельные

* * *

А баю-баю-баю,
Не ложися на краю:
Придёт серенький волчок,
Тебя схватит за бочок
И утащит во лесок,
За ракитовый кусток.
Там птички поют,
Тебе спать не дадут.

* * *

Ой, люли-люли-люли,
Прилетели журавли.
Журавли-то мохноногие,
Не нашли пути-дороги.
Они сели на ворота,
А ворота скрип-скрип…
Не будите у нас Ваня,
У нас Ваня спит-спит.

* * *

Баю-баю-баинька,
Прибежал заинька,
Пошёл зайка под липку,
Нашёл себе скрипку.
Надо зайку поймать,
Скрипочку отобрать!
Скрипочку отобрать —
Станет Ваня засыпать.

* * *

Лю-ли, лю-ли, лю-ли,
Прилетели гули.
Сели гули на кровать,
Стали гули ворковать,
Тихо Машу усыплять:
«Спи, малютка, почивай,
Глаз своих не открывай!»

* * *

Спи, младенец мой прекрасный,
Баюшки-баю.
Тихо смотрит месяц ясный
В колыбель твою.
Стану сказывать я сказки,
Песенку спою;
Ты ж дремли, закрывши глазки,
Баюшки-баю.

М. Лермонтов

* * *

Ночь пришла,
Темноту привела.
Запел сверчок,
Задремал петушок.
Вышла маменька,
Закрыла ставенку.
Бай-бай,
Засыпай.
Вот и люди спят,
Вот и звери спят.
Птицы спят на веточках,
Лисы спят на горочках,
Зайцы спят на травушке,
Утки на муравушке,
Детки все по люлечкам...
Спят-поспят,
Всему миру спать велят.

Что растёт у нас на грядке?

Без окон, без дверей
Полна горница людей.
(огурец)

Сидит девица в темнице,
А коса на улице.
(морковь)

Сто одёжек
И все без застёжек.
(капуста)

Кругла, а не солнце,
Желта, а не масло,
С хвостиком, а не мышь.
(репа)

Стоит чудо в семи шубах,
Кто его тронет, тот сам заплачет.
(лук)

Белые поросятки
Прилегли на грядке.
(кабачки)

Синий мундир, жёлтая подкладка,
А в середине — сладко.
(слива)

Стоит городок,
Сколько сереньких домков,
Столько беленьких жильцов.
(подсолнух)

Вверху зелено,
Внизу красно,
В землю вросло.
(*свёкла*)

Само с кулачок,
Красный бочок.
Потрогаешь — гладко,
Откусишь — сладко.
(*яблоко*)

Две сестры летом зелены.
Осенью одна краснеет,
Другая чернеет.
(*Чёрная и красная смородина*)

Тело деревянное,
Одёжка рваная,
Не ест, не пьёт,
Огород стережёт.
(*пугало*)

Кто у бабушки живёт?

Спереди — пятачок,
Сзади — крючок,
Посредине — спинка,
На спинке — щетинка.

(свинья)

Красные лапки,
Щиплет за пятки,
Беги без оглядки.

(гусь)

Клохчет, квохчет,
Детей созывает,
Всех под крыло собирает.

(курица)

Мохнатенькая, усатенькая,
Молоко пьёт, песенки поёт.

(кошка)

Стоит копна
Посреди двора,
Спереди — вилы,
Сзади метла.

(корова)

С хозяином дружит,
Дом сторожит,
Живёт под крылечком,
Хвост колечком.

(собака)

По горам, по долам
Ходит шуба да кафтан.

(баран)

Всех я вовремя бужу,
Хоть часов не завожу.

(петух)

Бегут по дорожке
Голова да ножки.

(козёл)

* * *

Поскакал баран,
Поскакал по горам,
Горы-то крутые,
А сани-то худые.
Впереди бежит зайчик,
Зайчик-горностайчик,
Коротенькие ножки,
Сафьяновы сапожки.
— Эй, баран,
Куда скакал по горам?
— В новую деревню.
— Что в новой деревне?
— Курица в кафтане,
Петух в сарафане,
Утка в юбке,
Селезень в обутке,
Корова в рогоже —
Нет её дороже!

* * *

Утром рано до зари
Вышли в поле косари:
Козочка с косой шагает,
А овечка помогает;
Уточка в копну сгребает,
А коровка подъедает.
Поросёночек не косит —
Косарям водичку носит.
Ну а петушок поёт,
Что и он косить придёт.

Кто в лесу живёт?

Под соснами, под ёлками
Лежит мешок с иголками.
(ёж)

Рыжая хозяюшка
Из лесу пришла,
Всех кур пересчитала
И с собой унесла.
(лиса)

Кто зимой холодной
Ходит злой, голодный?
(волк)

По веткам скачет, а не птица,
Рыжая, да не лисица.
(белка)

Зимой беленький,
Летом серенький,
Никого не обижает,
Сам всех боится.
(заяц)

В одежде богатой,
Да сам слеповатый,
Живёт без оконца,
Не видит солнца.
(крот)

Зимой спит,
Летом ульи ворошит.
(медведь)

Не зверь, не птица,
Всех боится,
Наловит мух —
И в воду плюх.

(лягушка)

Всё время стучит,
Деревья долбит,
Но их не калечит,
А только лечит.

(дятел)

На вид неказист,
Зато голосист.

(соловей)

Днём спит,
Ночью летает
Прохожих пугает.

(сова)

Не зверь, не птица,
А нос как спица.

(пчела)

Не птица, а с крыльями.

(бабочка)

Чёрен, да не ворон,
Рогат, да не бык,
Шесть ног, да все без копыт.

(жук)

Пришли мужики в лес без топоров,
Срубили избу без углов.

(муравьи)

Круглый год

Зима

* * *

За нашим амбаром
Стоит Мороз с барабаном,
От стука да от трескотни
Хоть бей в ладоши и пляши.

* * *

Зимой снег греет,
Весной тлеет,
Летом умирает,
Весной оживает.

* * *

Чудное ель дерево!
И зиму и лето зелено.
Высоко торчит,
Далеко глядит.
Весной цветёт,
Летом плод даёт,
Осенью не увядает,
Зимой не умирает.

* * *

— Зима, ты где была?
— В мешке стужу несла,
На землю холод трясла.
Ручки-ножки познобила,
В избы стужу напустила;
Все дороги замела
И сугробы нагребла.

Загадки

У избы побывал —
Все окна разрисовал,
У реки погостил —
Во всю реку мост мостил.
(мороз)

Зимой и летом
Одним цветом.
(ёлка)

В новой стене,
В круглом окне
Днём стекло разбито
А к утру опять цело.
(прорубь)

Летит — молчит,
Лежит — молчит,
Когда умрёт,
Тогда заревёт.
(снег)

Прозрачен, как стекло,
А не вставишь в окно.
(лёд)

Что вверх корнем растёт?
(сосулька)

Весна

* * *

Выходи, народ,
За плетень, за огород —
Солнышко встречать,
Мороз прогонять!

* * *

Жаворонушки, прилетите,
Красную весну принесите.
Нам зима надоела,
Весь хлебушек поела,
Остались крошки,
Их съели кошки.

* * *

Солнышко-вёдрышко,
Выкатись на брёвнышко,
Сядь на пенёк,
Погуляй весь денёк.

* * *

Дождик, дождик, припусти!
Дай цветочкам подрасти.
Лей, лей, веселей,
Землю-матушку полей!

Загадки

Рос шар бел.
Ветер дунул — шар улетел.
(ромашки)

Стоят в поле сестрички —
Жёлтые глазки, белые реснички.
(одуванчик)

Белые горошки
На зелёной ножке.
(ландыши)

Что в хлебе родится,
А есть не годится?
(василёк)

Лето

* * *

Приходи, приходи летечко!
Принеси: грибы в берестечко,
Ягоды в лукошко,
Солнышко в окошко.

* * *

Радуга-дуга,
Не давай дождя,
Давай солнышка,
Колоколнышка!

Загадки

Течёт, течёт, не вытечет,
Бежит, бежит, не выбежит.
(река)

Два братца в воду глядятся,
Век не сойдутся.
(берега)

В шубе летом, а зимой раздетый.
(лес)

Маленький, удаленький,
Сквозь землю прошёл
Красну шапочку нашёл.
(гриб)

Осень

* * *

Осень, осень,
В гости просим:
С обильными хлебами,
С высокими снопами,
С листопадом и дождём,
С перелётным журавлём.

* * *

Ветер по полю рыщет,
Поёт да свищет,
Деревья ломает,
Траву преклоняет.
По двору мчится,
В двери стучится.
С ног всех сбивает,
Никто его не поймает.

* * *

Летают листья, кружатся,
Хороводом на землю ложатся.
С земли они не встают,
Почернеют и пропадут.

Загадки

Посреди поля лежит зеркало,
Стекло голубое, рама зелёная.
(пруд)

Стоит старик над водой,
Трясёт бородой.
(камыш)

Летел пан,
В воду упал,
Воды не замутил
И сам не утонул.
(лист)

Под ярусом
Стоит зипун
С красным гарусом.
(рябина)

Стоит Егорка,
Красная головка,
Кто найдёт
Всяк поклон отдаёт.
(гриб)

Росло, повыросло,
Из куста повылезло,
По рукам покатилось,
На зубах очутилось.
(орех)

Явления природы

Рассыпала Лукерья
Серебряные перья,
Закрутила, замела,
Стала улица бела.
(метель)

Голубой платок,
Алый колобок,
По платку катается,
Людям улыбается.
(небо и солнце)

Поле не меряно,
Овцы не считаны,
А пастух рогат.
(небо, звёзды, месяц)

Летит орлица
По синему небу,
Крылья распластала,
Солнышко застлала.
(туча)

Шёл долговяз,
В сыру землю увяз.
(дождь)

Без рук, без ног,
А ворота отворяет.
(ветер)

День и ночь кричит,
А голос не устаёт.
(водопад)

Над бабушкиной избушкой
Висит хлеба краюшка,
Собаки лают,
А достать не могут.
(луна)

Живёт без тела,
Говорит без языка,
Никто его не видит,
А всяк слышит.
(эхо)

Что я вижу дома?

Маленькая собачка
Свернувшись лежит.
Не лает, не кусает,
А в дом не пускает.
(замок)

Висит груша,
Нельзя скушать.
(лампочка)

Свернёшь — клин,
Развернёшь — блин.
(зонт)

Пять чуланов, одна дверь.
(перчатка)

Днём обручем,
Ночью змеёй.
(пояс)

С ногами — без рук,
С боками — без рёбер,
С сиденьем — без живота,
Со спиной — без головы.
(стул)

Без языка, а всю правду скажет.
(зеркало)

Ног нет, а хожу,
Рта нет, а скажу,
Когда спать, когда вставать,
Когда работу начинать.

(часы)

Два брюшка,
Четыре ушка.

(подушка)

Четыре братца
Под одной крышей стоят.

(стол)

В брюхе — баня,
В носу решето,
На голове — пупок,
Всего одна рука
И та на спине.

(чайник)

Новая посудина,
А вся в дырах.

(сито)

Сидит на ложке
Свесив ножки.

(лапша)

Что на сковородку наливают,
Да вчетверо сгибают?

(блин)

Человек

Брат с братом через дорожку живут,
А друг друга не видят.
(глаза)

Между двух светил
Я в середине один.
(нос)

Отворю я хлевец,
Выпущу стадо белых овец.
(рот и зубы)

Не сеют,
Не сажают,
Сами вырастают.
(волосы)

У двух матерей
По пяти сыновей,
А всем одно имя.
(пальцы рук)

Всю жизнь ходят в обгонку,
А обогнать друг друга не могут.
(ноги)

Ты за ней,
А она от тебя.
Ты от неё,
А она за тобой.
(тень)

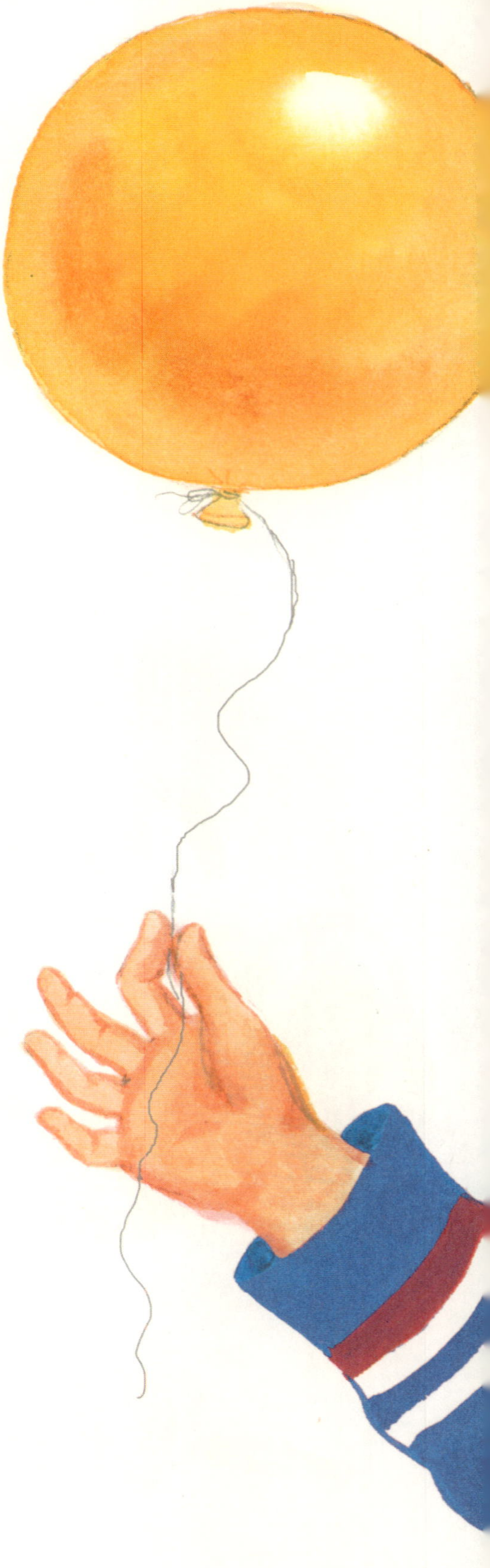

Двое ходят,
Двое смотрят,
Двое болтаются,
Один водит и приказывает.

(человек)

* * *

Как-то раз на именины
Испекли мы каравай —
Вот такой ширины,
Вот такой ужины,
Вот такой вышины,
Вот такой нижины!
Каравай, каравай,
Кого хочешь, выбирай.

Что я вижу на улице?

Бегает в калошах
Быстрее, чем лошадь.
(автомобиль)

То потухнет,
То горит,
Хоть молчит,
А говорит.
Разговор его простой:
ПОДОЖДИ
ИДИ
и
СТОЙ.
(светофор)

Что за машина:
Шея как у гуся,
Сила как у слона?
(подъёмный кран)

Работяга понемногу
Отутюжит нам дорогу.
(каток)

Летит птица-небылица,
А внутри народ сидит,
Меж собою говорит.
(самолёт)

Этот одноглазый бык
Обгоняет грузовик.
(мотоцикл)

Конь — не конь, а сороконожка,
По дороге бежит,
Весь обоз тащит.
(поезд)

Поиграем

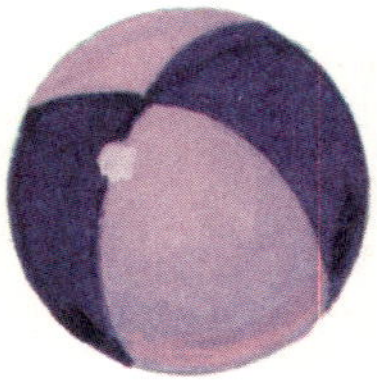

Очень любят молодца,
А бьют, колотят без конца.
(мяч)

Держусь я только на ходу,
А если встану — упаду.
(велосипед)

Вверх — вниз, вверх — вниз.
Хочешь кататься — на нас садись.
(качели)

Деревянные кони
По снегу скачут,
А в снег не проваливаются.
(лыжи)

Всё лето стояли,
Зимы ожидали.
Дождались поры,
Помчались с горы.
(санки)

Музыкальная пауза

В лесу выросла,
Из лесу вынесли,
На руках плачет,
А на полу скачут.
(балалайка)

Сверху — кожа,
Снизу — тоже,
А в середине пусто.
(барабан)

Ящик на коленях пляшет —
То поёт, то горько плачет.
(гармонь)

Одно горло,
А семь голосов.
(дудочка)

Считалки

* * *

Раз, два, три, четыре, пять.
Мы собрались поиграть.
К нам сорока прилетела
И тебе водить велела.

* * *

Раз, два, три, четыре, пять.
Вышел зайчик погулять.
Вдруг охотник выбегает,
Прямо в зайчика стреляет.
Пиф, паф! Не попал!
Серый зайчик ускакал.

* * *

Аты-баты — шли солдаты,
Аты-баты — на базар,
Аты-баты — что купили?
Аты-баты — самовар.
Аты-баты — сколько стоит?
Аты-баты — три рубля.
Аты-баты — кто выходит?
Аты-баты — это я.

* * *

На златом крыльце сидели
Царь, царевич,
Король, королевич,
Сапожник, портной.
Скажи, пожалуйста,
Кто ты такой?
Говори поскорей,
Не задерживай
Добрых и честных людей.

M. Шварц

Загадки-обманки

Сено хоботом берёт
Толстокожий…
(слон)

Как в автобусный салон
К маме в сумку прыгнул…
(кенгуру)

Над лесом солнца луч потух,
Крадётся царь зверей…
(лев)

Длиннее шеи не найдёшь,
Сорвёт любую ветку…
(жираф)

Хвост веером, на голове корона,
Нет птицы краше, чем…
(павлин)

Скорей на берег выбегай!
Плывёт зубастый…
(крокодил)

Ест осоку в речке Нил
Неуклюжий…
(бегемот)

В. Степанов

В гостях у сказки

У Алёнушки сестрицы
Унесли братишку птицы.
Высоко они летят,
Далеко они глядят.

(гуси-лебеди)

Ждали маму с молоком,
А пустили волка в дом.
Кем же были эти
Маленькие дети?

(семеро козлят)

Стрела у Ивана,
Как птица в полёте,
Жена у Ивана
Живёт на болоте.

(царевна-лягушка)

Из муки он был печён,
На окошке был стужён.
Убежал от бабки с дедом,
А лисе он стал обедом.

(колобок)

Он сумел поймать волчишку,
Он поймал лису и мишку.
Но поймал их не сачком,
А поймал он их бочком.

(бычок — смоляной бочок)

Не послушал брат сестрицу —
Стал из лужи пить водицу.
А когда воды напился,
То в козлёнка превратился.
(сестрица Алёнушка и братец Иванушка)

Уплетая калачи,
Ехал парень на печи.
Прокатился по деревне
И женился на царевне.
(Емеля)

Был друг у Ивана
Немного горбатым,
Но сделал счастливым его
И богатым.
(Конёк-горбунок)

Вспомнил я о нём недаром,
Потому что он силён:
Семерых одним ударом
Убивать умеет он.
(храбрый портной)

Чуть женой крота не стала
И усатого жука!
Вместе с ласточкой летала
Высоко под облака.
(Дюймовочка)

Внучка к бабушке пошла,
Пироги ей понесла.
Серый волк за ней следил,
Обманул и проглотил.
(Красная Шапочка)

Наши помощники

Гладит всё, чего касается,
А дотронешься — кусается.
(утюг)

Два кольца,
Два конца,
Посередине гвоздь.
(ножницы)

Кланяется, кланяется,
Придёт домой — растянется.
(топор)

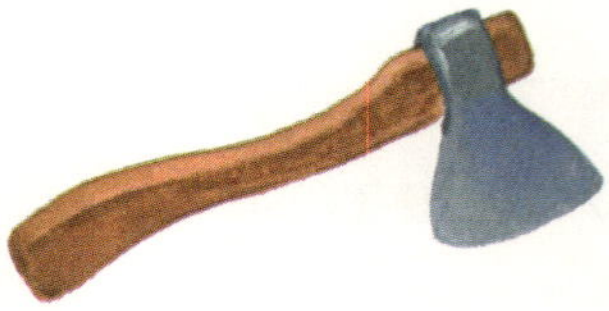

Кругом связан,
А по избе пляшет.
(веник)

Ела-ела дуб, дуб,
Поломала зуб, зуб.
(пила)

Сам деревянный,
А голова железная.
(молоток)

Что за дорога —
Порог за порогом?
(лестница)

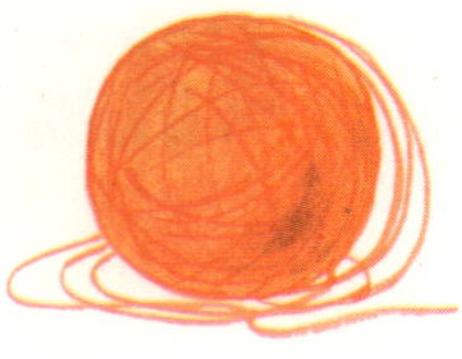

Маленько, кругленько,
А за хвост не поднять.
(клубок)

Штучка одноручка,
Носочек стальной,
А хвост льняной.
(иголка с ниткой)

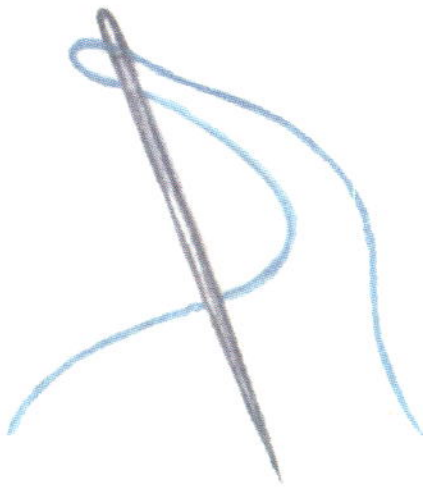

На яме сто ям с ямой.
(напёрсток)

Три братца пошли купаться,
Двое купаются, один на песке валяется.
Искупались, вышли, на третьем повисли.
(вёдра, коромысло)

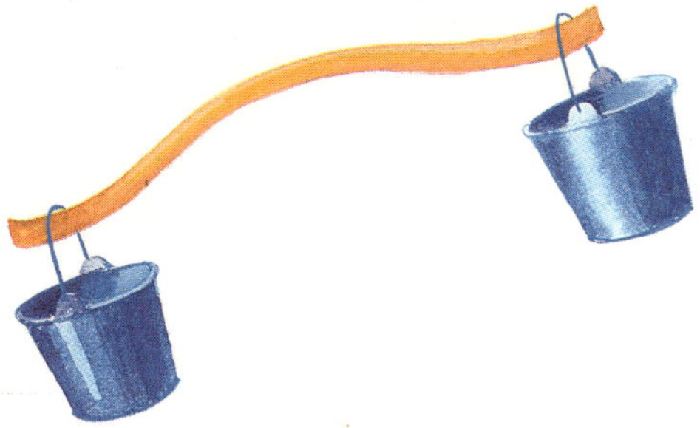

Утка в море,
Хвост на заборе.
(ковш)

Он с хоботом резиновым,
Желудком парусиновым,
А загудит его мотор —
Глотает он и пыль и сор.
(пылесос)

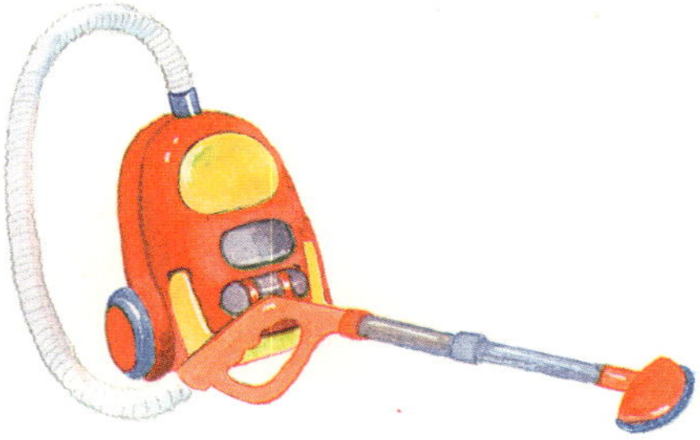

Огородник Федот
С длинным носом живёт.
Как поклонится,
Так дождь пойдёт.
(лейка)

М. Шварц

Профессии

Ежедневно спозаранку
В руки он берёт баранку.
Крутит-вертит так и сяк…
Но не съест её никак.
(шофёр)

Я каждый день к нему иду
Купить одежду и еду.
(продавец)

Мне нравится, не скрою,
Работать великаном.
Поднялся над Москвою,
Сажусь за океаном.
(лётчик)

Весёлая работа.
Завидно от души!
Свисти, когда охота,
Да палочкой маши.
(регулировщик)

По потолку,
По стенке с боку
Он путь прокладывает току.
А ток бежит по проводам
И помогает вам и нам.
(электрик)

Они волшебники и маги.
Дом нарисуют на бумаге,
А через год мы этот дом
На нашей улице найдём.
(архитектор)

Он в белом халате,
С железной расчёской.
Приходишь лохматый —
Уходишь с причёской.
(парикмахер)

Он работает на крыше.
Смотрит, как там трубы дышат.
От каких таких причин
Дымом кашляет камин.
(трубочист)

Есть на земле
И такая профессия:
Книжки писать,
Чтобы всем было весело.
(писатель)

Что в портфеле у меня?

Чёрный Ивашка,
Деревянная рубашка,
Где носом ведёт,
Там заметку кладёт.

(карандаш)

Не куст, а с листочками,
Не рубашка, а сшита,
Не человек, а разговаривает.

(книга)

Грамоты не знаю,
А век пишу.

(ручка)

Коль ему работу дашь,
Зря трудился карандаш.

(ластик)

Чёрные, кривые,
От рожденья все немые.

(буквы)

Белое поле, чёрное семя,
Кто его сеет, тот разумеет.

(письмо)

Страны без людей,
Города без домов,
Леса без деревьев,
Моря без воды.

(географическая карта)

Азбука в загадках

А

В середине алый, сахарный,
Кафтан зелёный, бархатный.
(арбуз)

Б

Не море, не земля,
Корабли не плавают,
А ходить нельзя.
(болото)

В

Маленький мальчишка
В сером армячишке
По двору шныряет,
Крохи собирает.
(воробей)

Г

Без рук, без топорёнка
Построена избёнка.
(гнездо)

Д

Стоит бычище,
Проклёваны бочища.
(дом)

Е

Зимой и летом
Одним цветом.
(ель)

Ё

Идёт, иглы на себе несёт,
Чуть кто подойдёт,
Свернётся в клубок —
Ни головы, ни ног.
(ёж)

Ж В золотой клубочек
Спрятался дубочек.
(жёлудь)

З Сторож плохой
Слепой и глухой,
Не тронешь — молчит,
А тронешь — кричит.
(звонок)

И Не снег, и не лёд,
А серебром деревья уберёт.
(иней)

К Не огонь, а жжётся.
(крапива)

Л Еду, еду — следу нет,
Режу, режу — крови нет.
(лодка)

М Скручена, связана,
На кол посажена,
А по двору пляшет.
(метла)

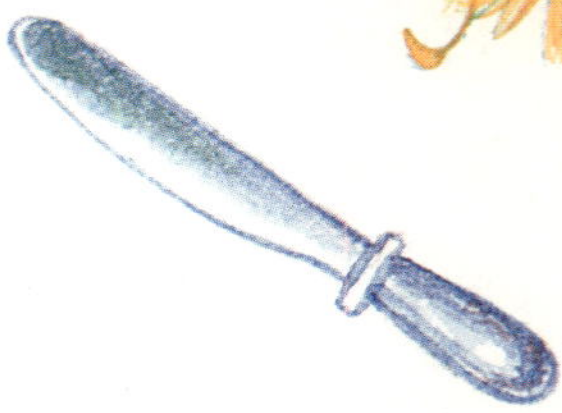

Н Хожу с края на край,
Режу чёрный каравай.
(нож)

О Сижу верхом,
А ноги за ушами.
(очки)

П До чего народ доходит:
Самовар по речке ходит.
(пароход)

Р Зубов много,
А ничего не ест.
(расчёска)

С На заре зарянской
Катится шар вертянский,
Никому его не обойти и не объехать.
(солнце)

Т Конь стальной
Овса не просит,
А пашет и косит.
(трактор)

У Кто на себе свой дом таскает?
(улитка)

Ф Весь день спит,
А ночью горит.
(фонарь)

Х Комковато,
Ноздревато,
И горбато,
И кисло,
И пресно,
И легко,
И мягко,
И черно,
И бело,
И всем людям мило.
(хлеб)

Ц

На одной ноге стоит,
В воду глядит,
Клювом тычет
Лягушек ищет.
(цапля)

Ч

Носит воду
Хозяину в угоду.
При нём живёт,
Пока не упадёт.
(чашка)

Ш

Сижу верхом,
Не знаю на ком,
Знакомого я встречу,
Соскочу, привечу.
(шляпа)

Щ

Хвостом она виляет,
Зубаста, а не лает.
(щука)

Э

Начинает он копать —
Заменяет сто лопат.
(экскаватор)

Ю

Танцует крошка,
А всего одна ножка.
(юла)

Я

Когда он нужен — его выкидывают,
Когда не нужен — подбирают.
(якорь)

Разделы нашей книжки

Серия «В подарок малышам»

Для дошкольного возраста

ПЕСЕНКИ И ЗАГАДКИ

Русские народные песенки в обработке
Н. Иваницкого, О. Капицы, П. Шейна, Г. Науменко

Составитель *М. Калугина*
Художник *И. Красовская*
Рисунки на обложке *Н. Субочевой, О. Вовиковой*

Подписано в печать 22.08.12. Формат 84x108/16.
Усл.печ.л. 6,72. Гарнитура «Школьная». Бумага офсетная.
Печать офсет. Заказ № 2772.

ООО «Стрекоза», 129515, г. Москва, ул. Академика Королева, д. 4, стр. корп. 4.

Отпечатано в полном соответствии с качеством предоставленных издательством материалов в ОАО «Тверской ордена Трудового Красного Знамени полиграфкомбинат детской литературы им. 50-летия СССР».
170040, г. Тверь, проспект 50 лет Октября, 46.

Для реализации:
107076, г. Москва, Стромынский пер., 4.
E-mail: info@strecoza.ru
Наш сайт: www.strecoza.ru